孤 鸣

段胜涛 著

知识产权出版社
全国百佳图书出版单位

图书在版编目（CIP）数据

孤鸣 / 段胜涛著 . — 北京 : 知识产权出版社,2018.8
ISBN 978-7-5130-5735-6

Ⅰ . ①孤… Ⅱ . ①段… Ⅲ . ①诗集 – 中国 – 当代Ⅳ . ①I227

中国版本图书馆CIP数据核字（2018）第183611号

责任编辑：于晓菲　　　　　　　　　　　　责任印制：孙婷婷

孤鸣
GUMING

段胜涛　著

出版发行：	知识产权出版社有限责任公司	网　　址：	http:// www.ipph.cn
电　　话：	010 – 82004826		http:// www.laichushu.com
社　　址：	北京市海淀区气象路50号院	邮　　编：	100081
责编电话：	010 – 82000860转8363	责编邮箱：	yuxiaofei@cnipr.com
发行电话：	010 – 82000860转8101	发行传真：	010 – 82000893
印　　刷：	北京中献拓方科技发展有限公司	经　　销：	各大网上书店、新华书店及相关专业书
开　　本：	720mm×960mm　1/32	印　　张：	5.625
版　　次：	2018年8月第1版	印　　次：	2018年8月第1次印刷
字　　数：	128千字	定　　价：	48.00元
ISBN 978 – 7 – 5130 – 5735 – 6			

出版权专有　侵权必究

如有印装质量问题，本社负责调换。

我若孤鹰在苍穹,唯有自鸣追彩虹。不在默默无闻中落寞消逝,就在阒然无声中一鸣惊人!

题　　记

　　生活是孤独的,可感情是丰富的;现实是无情的,可愿望是美好的;

　　工作是不定的,可性格是沉稳的;精神是单纯的,可思想是深邃的。

目　　录

青　涩（1991—1994）

003…食榴
004…夕读
005…晨跑
006…空气
007…恋爱
008…松土
009…九三奥运梦
010…蓝天
011…锁
012…寒学
013…无言的道别
014…老乡·同学

青　葱(1995—2010)

017…春望
018…萍水相逢
020…追求
021…但愿
022…喜欢下雨的日子
023…思念
024…选择
025…做了一个梦
026…冬
027…赌
028…春色赋
029…岁月
030…磁场
031…相思
032…写在香港回归前
034…芳草颂
035…生之歌
036…等
037…利己者
038…心田
039…春树
010…平淡
041…收获
042…秋雨
043…三月
044…城市梦想

045…五月
046…绿叶的心事
047…九月
048…冬月
050…建筑者
052…昨天　今天　明天
054…七月
055…想你
056…小屋
057…飘雪的日子
058…乡恋
060…独行客
061…孤单情人节
062…相距的空间
063…"纸"的关系
065…冬守
066…海啸
067…母亲,您走好!
069…美的邂逅
070…云和草
071…再恋小雪
072…给自己一点空间
073…如果未来如此发展
074…烟样的你
075…痛别离
077…那片风沙

079…母亲的白米糕
081…雪灾
083…封冻的季节
085…让孤独飞
086…心雨

088…殇思
090…爱若来了
091…迷失的街头
093…舟曲,坚强!
095…写给你

清　俗(2011—2018)

098…家
099…一个人的坚守
101…春色荡想
103…母亲！您在天堂还好吗？
105…这个七月不太热
107…十月
109…一个古城
111…雨中花(话)
113…梦母
114…四月的春,我拿什么拯救你
116…等你　寻你
118…致抗战老兵孙英杰
119…亲爱的爸
121…给光棍节的自己
123…断桥残雪
124…最后一天
125…游宜兴龙池山随想
126…庭院
127…游天目山大峡谷有感
128…太湖源头
130…致自己
131…蹉跎年轮
133…无题
134…这一个特别冷的冬

136…情一动心就痛
137…爱屋及乌
139…游南山记
140…清明瞻先居
141…回不去的童真
143…我的爱
145…天净沙·夏行
146…善德之邦
147…碎了的爱
149…雨梦
151…又见龙池山
152…再梦母亲
154…子吟三段
156…青葱岁月
157…偶遇
158…遇你
159…好雪知时节
160…腊八节的雪
162…小时候的年
164…好始终是好
165…问情
166…鸿茅
167…生存与自尊

青 涩

(1991—1994)

食榴

同学送一榴,自含一粒口。
涩味虽觉苦,甜却心中受。

1991.10

夕读

夕日西沉暮色茫,一晕红霞放光芒。
食毕悠悠尽自由,独捧红楼在手头。
校园一片蓬勃象,吾自感觉万舒畅。
举首前景似锦灿,低头只把红楼看。

1992.4

晨跑

晨起跑六点,清风拂上脸。
时逢同己人,皆把笑脸添。

1992.9.15

空气

一日当空,模模糊糊。
草尖露珠,明明白白。
热化成气,容易容易。
冷结变珠,难得难得!

1993.5

恋爱

为情两依依,时常表表意。
相立诉衷肠,同愿爱久长。
绵绵道情语,窃窃似火烫。
流眸柔脉脉,晕飞两腮旁。

1993.9.15

松土

枯草软覆土,锹下难出入。
费力且辛苦,心乐如草舒。

1993.9.20

九三奥运梦

日日新闻洗耳听,齐盼中华办奥运。
心弦紧绷时难忍,梦中奥运到北京。
晴空一声霹雳响,欲办奥运成泡影。
无奈好梦圆不成,望眼欲穿心不平。
中华儿女齐发奋,青春年少学本领。
竞争当中显身手,不获胜利不收兵。

1993.9.24

蓝天

我说
你捉摸不透 飘忽不定
你说
你是云
我说
你来也无影 去也无踪
你说
你是风
我说
你梨花带雨 泉流潮涌
你说
你是雨
我说
我是蓝天
于是拥有了你的一切

1993.10.6

锁

回家的我

是父母心中的锁

为了我

他们眉头紧皱

不辞劳苦

为了我

他们终年忙碌

哦……

你们等着

孩儿我会为你们开启

心中的锁

1993.10.10

寒学

风入三九如狮吼,呜呜携寒哭无休。
时冻在身勿能闲,搏击寒流苦中斗。

1993.12

无言的道别

相识于偶然
分别于必然
往昔岁月
默默无言
而就此结下不解之缘
虽说无语
却有相互的笑颜
宁静的生活中
各自珍藏着那份真情
静静地在共度
却又静静地在分离
说不出半句
也道不出一语
只有一声"珍重"
在心里默念千遍

1994.3.8

老乡·同学

生活赋予我们同窗四载
同一种乡音召唤着
另一种乡情
寥寥数语激起
同一个心声
虽无泪水汪汪
却有丝丝惆怅
无须太多
只因曾共度好时光
临别默默地
送上"珍重"二字
愿是分别
而不是永诀
老乡,同学
潇洒地一挥手
相逢定在同一块乡土上

1994.3.8

青　葱

（1995—2010）

春望

春日里
偶拾一片绿叶
写成一首诗
投入绿箱
寄去绿的希望
于是
多梦的季节
我翘首盼望

1995.4.3

萍水相逢

同一片天
同一个地球的我们
有各自的世界
只是在某天
我们有缘了
在我们的世界碰撞的一霎间
走到一起
或许我们只是匆匆过客
来不及多看一眼
便又无言地擦肩而过
或许我们仅是似曾相识
只在刹那间我们都已了解
成为了彼此
便又匆匆离开
或许没有或许
我们只是行色匆匆的路人
某天会了一下面而已

以后在继续前行的路程中
已悄然淡忘

1995.7.14

追求

是鸟
就应展翅高飞
是虎
就应呼啸山林
是强者
就应执着追求

1995.12.31

但愿

但愿一天
草原策马
挥舞英姿
千里奔腾
与骑士共勉
但愿一天
登山之巅
气吞山河
豪情万丈
放任阔眼界
但愿一天
海滩漫步
看沧海
四茫茫
拥坐海边
千里一线牵

1995.12.31

喜欢下雨的日子

喜欢下雨的日子
独自一个人静思
听着雨水敲打的声音
心中欣慰许多
喜欢下雨的日子
雨声触动心弦
使我沉湎于诗意
喜欢下雨的日子
感受雨水冲刷大地的畅快
仿佛已然
顿觉清爽
下雨的日子
往往遐思满怀

1996.1.14

思念

清晨
放飞一只白鸽
带走我的思念
愿解开你的心结
别忘了
白鸽飞回时
捎回你愉快的心情

1996.1.25

选择

人降于世
漫长之路
既已走过
不再回顾
悲欢离合
抛之脑后
既然前行
毋须回首

1996.1.25

做了一个梦

做了一个梦
插上了想象的翅膀
飞入了神圣的殿堂
与太白对饮
和子美共悲伤
品味千古绝唱
捧着一杯佳酿
喝着一口陶醉
疯狂的神经末梢
一触即发
从此变得孤独而沧桑

1996.1.28

冬

孤寂凄凉

万物凋零

总是驻足的季节

它却毫不吝惜地展现

摆开姿态

飘下漫天白花

素裹银装

善感的生命

谱写成一曲曲

美丽的乐章

1996.2.3

赌

拎着

自私的筹码

叩响

上帝的后门

1996.2.4

春色赋

柔风拂嫩苗,
蝶蜂伴花闹。
江南春色新,
夕阳无限好。

1996.4.10

岁月

岁月
把你提出母体
又抛入坟墓
甚至来不及留下什么
便已烟消云散
岁月
是一把无情剑
随时割断你的喉咙
又像一把冷酷的锤
随时敲得你粉碎
也像一把雕刻刀
最终将你雕成一副朽相
灯枯油尽后
回归了大自然

1996.5.13

磁场

无意地邂逅
进入彼此的磁场
深深地
磁化了你
也磁化了我
最终
用万有引力得出
彼此的引力为

1996.5.29

相思

摘一朵相思
给你
请不要随意丢弃
那是我的痴心
愿你放它在心里
直到下个世纪

1996.6.26

写在香港回归前

一场新的革命,
一切都萌芽了。
风风雨雨多少年,
母亲屹立在太阳升起的东方;
风风雨雨多少年,
挫折、阻碍、艰难、困扰,
母亲岿然不动,
一切都因母亲已注入一个新的生命体,
又一阵春风吹遍大地,
一切又焕然一新。
最终母亲以她千锤百炼的姿态,
变化成一条巨龙。
我们都是龙的传人,
啊!香港,也包括你。
一百多年后,
母亲以愧疚而激动的心情,
翘首期盼着,
等着自己离散了一百五十五年的孩子呀!

母亲怎能忘怀那失去的一切?
母亲以最宽广的胸怀,
最特别的方式,
等着你入怀。
就在那刻不容缓的时刻。
啊!香港,我想对你说:
我们等着你,
没人再去阻拦,
那将是最神圣的时刻,
最刻骨铭心的相聚。
将会给历史添上新的篇章。
香港!
让我们携手共创未来,
欢迎你的回归!

1996.7.6

芳草颂

敢问天涯何处有芳草?
望君能解几多忧?
愿化一杯清水入君口。
君不知,
易在口,
难于手,
宁为一世芳草求,
不为一时杂草稠!

1996.7.18

生之歌

人生路　无坦途　一步歪　百步错
名利为　正亦邪　理想为　终无悔
人若生　生死分　生则死　死则生
生若轻　死亦轻　生若重　死亦重
人生路　风雨阻　唯拼搏　才为主
艰难生　不畏缩　失意时　不堕落
荣誉前　不迷惑　无功名　不受禄
若为人　皆要正　即平凡　也为人
劝诸君　是非分　曲直明　活要神

1996.7.20

等

伫立于世界任何一个角落
静候
任无情的岁月在脸上雕刻
渐渐地
被时间冲刷成一条条
深深的沟
希冀着一个个年轮
滚出一个个圆满的结局
世间万象
在黑夜与黎明中交替
在苍穹与大地间演变
静态与动态似的生成、发展与重复
而不变的心
总会去等待结束
一个不悔的人生

1996.8.16

利己者

美德丢失了
拾起的是自私和势利
被怪风赶着跑散了架
被恶流推着跌入了下游
最后化成一片碎沫
留一股霉气在人间

1996.12.11

心田

心如田野一样广阔
容得下每一寸不平
却难容半寸的荒芜
需要的是开垦
痛恨的是践踏
应让每一粒希望的种子
在心里生根、发芽

1997.3

春树

窗外
是一簇绿的希望
微风
撩拨起年轻的气息
心中
漾起青春的躁动
生命
被希望润色得像小鸟
展翅欲飞

1997.5

平淡

平淡
让我们领悟了生活的全部
每日收获着多与少
消磨的是人们的痛苦与悲伤
增添的是无尽的凄凉与孤寂
承受着
一世的平凡
不甘着
一生的动荡
不论错与对
最终消化为清净

1997.7

收获

遍野的黄
被风吹皱了
点着沉甸甸的头
汗涔涔的黑皮肤
缀满的是满脸的笑意
呼啦呼啦
收割着一片希望
所有的艰难与不幸
都融入了一阵阵声响
消失得干净

1997.9

秋雨

湿了
整个的空间
透人心脾的凉
絮絮叨叨
把一个秋洗刷得
那么清爽

1997.11

三月

三月
婴儿般地苏醒
啼哭着洒下满天泪水
淋湿绿就的土地
微动的风与懒散的阳
奏成催眠的曲
生命恹恹欲睡
田野上黄绿间或的裙
正舞动着春的希望

1998.3

城市梦想

淹没在拥挤的城市
找不到自己所在
恍惚了
感到万分沮丧
我努力搜寻
曾经拥有的志向
孤独占据了我
挣扎着爬起来
茫然无助
重新收拾起行囊
我已别无选择
从此
我的生活忙碌而紧张

2000.4

五月

五月
掀起了人们的被角
把人们从沉睡中唤醒
在乡村的田野
三五地成群
两三地一伙
收获着成堆的金色
穿梭与耕耘着的
是阵阵轰鸣后
一片白茫茫的空水地
谈笑风生中
一行行编织着秋日的期望
播撒下满野的绿意

2000.5

绿叶的心事

在这世界上
并不奢望有什么夺人的芬芳
只期望有个清新的环境
供我生长
可这空间总迷漫着灰尘与黑气
还有讨厌的噪声令我心慌
每一刻我都能感觉到呼吸的紧张
和生命的渺茫
污浊的水源使我失去了滋养
我深深地感到我和我的同胞们
正被无情地谋杀
而世界不再污浊与烦躁
便成为我一生的奢望

2000.6

九月

九月夹着一点寒意
收拾了田野的最后一片绿
耀眼的黄
涨着饱满的果实
间或洒落于田间
致意于秋
收获带着人们的期望
在风中沉甸甸地点头
九月呵
把人们从消闲的氛围中拔出
披上一层外衣
忙碌着春日里种下的希望
蚊虫也不知藏匿于何处
偶尔有些许在作最后的嘶鸣

2000.9

冬月

凄迷的北风吹过
卷走了夏日残留的最后一点暑气
光秃的枝丫在冷风中抖颤
只有常青树依然焕发出青春的魅力
还有那蔷薇和月季花儿
也在"东风无力百花残"的境况中
依旧吐露出迷人的芬芳
原野上正散发着绿油油的清香
阳光似乎也显得很温柔
把阵阵暖意抛洒向追逐它的人们
阴冷的潮气给人们裹上了几层外衣
让生命去感受运动
不知何时
小小的雪花从天而降
给大地披上了薄薄的一层面纱
世界便似乎冻结在了这白色基调中
"冬天已经来到,春天还会远吗?"

冥冥中
我仿佛看见春天正藏在寒风的背后微笑

2000.11

建筑者

严寒是那么地夸张
把地也冻成了铁
西风是那么地狂妄
把如铁的地也吹裂了口
万物在冷凝中哆嗦
哦
我看见了
你们仿佛从远古走来
肩负着家庭的重担
挺着高昂的胸膛
正用粗糙的双手
去建设别人的殿堂
你们忍受着生活的艰辛
你们忍受着精神和肉体上的损伤
而你们带给了别人幸福
严寒再冷
也冷却不了你们的心
酷暑再热

也热晕不了你们的头
你们总是悄然离开
留下财富
你们用那微薄的报酬
养活着家人
你们是时代的建设者
你们是未来的开拓者
社会财富里有你们凝聚的汗水
人类文明中有你们闪耀的光芒

      2001.12.28

昨天 今天 明天

捏着昨天的尾巴
舍不得放手
可今天已跑了过来
刚准备说些什么
而明天也已悄然而至
为什么
为什么总要等到
哭过了闹过了,
才知道累?
为什么总要等到
做过了错过了,
才知道后悔?
又为什么总要等到
伤过了痛过了,
才知道心碎?
为什么呀为什么?
总要等到尝到了苦果,

才明白自己的罪。

2002.6.7

七月

七月似火
把天地熔成一个蒸笼
生命在喘息中躁动
剥自己于极限
自然与不自然的风中
心赤裸了
风景似乎也成了幻影
腾腾的热气
仿佛熔化了一切

2002.7.30

想你

想你
在路上不小心摔倒的时候
想你
在车上坐着发呆的时候
想你
在工作棘手的时候
想你
在烈日下顿觉一丝凉
寒风中瞬感一点暖的时候
想你
在夜阑人静孤寂涌上心头的时候
想你的时候
不带一点虚饰
如跌入梦中
如坠入一杯浓浓的咖啡

2002.8.19

小屋

背在身后的是幻想中的小屋,
虽不大,却干净利落。
任何一个地方,
一床、一椅、一桌足够,
隐蔽在一个不为人知的角落,
思想一个人的存在,
仿佛世界已消失了我;
背在身后的是幻想的小屋,
有山有水、有枯藤、有温馨,
还有我心中的构作。
我曾向往冲出,
最终发现是个错,
于是把它背在身后,
继续一个独行者的生活。

2002.11.3

飘雪的日子

飘雪的日子
让思绪飞翔
享受雪白的美丽
飘雪的日子
让浪漫在风雪中荡漾
飘雪的日子
掬一朵入口
融化一个冬的存在
时光飞逝
雪也飘逝
飘雪的日子
不知飘向何方
让我找不到一个冬的感觉
飘雪的日子
何时飘来

2003.2.8

乡恋

游子的心
漂泊的魂
孤独了我一人
父老的心
乡亲的情
是剪也剪不断的乡音
故土不在心犹在
堪往事一幕幕
展前景一程程
如影随形
是那一首游子吟
夏日逝
秋风吹
日渐进
心难平
只盼红颜近己身
捧千里来风

看万里层云

思浓浓乡情

尽绵薄之力

只待他日衣锦还乡行

2003.10.12

独行客

孤独成了瘾,上天却无情。
寂寞排成行,造化愚弄人。
郁郁不得志,心中乃悲鸣。
无奈随缘去,岂知同协音?

2003.11.10

孤单情人节

在那个进口的节日里
有一个我
伴随着孤独
梦想里
企盼了几年
醒了
她始终未曾出现
疯了
把梦彻底撕开
在黑暗中
苦苦搜索那份未来的爱
二十岁男孩的不解
造就三十岁男人的无奈
忍耐与等待
还有那等了多年
已谢了的花儿
与我的浪漫还存在

2004.2.14

相距的空间

相距的空间
任酷日当空
炙烤我们无声之言
相距的空间
任风雨飘摇
却飘摇不了天地之恋
相距的空间
任伊飞翔
吾愿化作随伊而去的云烟
相距的空间
并不遥远
恰似远在天边
如何回到眼前
时空隔不住思念
只是我们的心灵
需要太多的洗涤
太多的考验

2004.7.26

「纸」的关系

只因一张张"纸"的关系
让人们存在于一种交易
跌入了纸醉金迷
有些人不论生死似乎只是为了牟利
只因一张张"纸"的关系
让很多人迷失了自己
沾上有毒的恶习
有些人仿佛一生被奴役
有些人似乎也为此死不足惜
只因一张张"纸"的关系
很多时候让人们陷入尴尬境地
又有多少人玩起了感情游戏
聪明了一时
糊涂了一世
狠狠地出卖了自己
只因一张张"纸"的关系
珍惜和努力后

只是装饰我们的生活
创造我们的美丽

2004.10.14

冬守

风来了
雨却不肯走
云来了
阳光仍在留
秋来了
夏则悠悠
冬来了
暑气还那么嗖嗖
本是几层衣
现得两件凑
不知何年月
守来飞雪有

2004.11.9

海啸

那海骤然变色
仿佛星河崩塌
天崩地裂般的痛苦
汹涌而至
倾泻而下
疯狂吞噬着
人类的生命与家园
所有关于海的传说和向往
都在那瞬间消失殆尽
无情的灾
有情的人
千万人民献出滚烫的心
全世界在这一刻手牵手
我们都是地球村的村民
哪里有灾
哪里就有我们永恒的爱

2005.1.8

母亲,您走好!

母亲!
您走了,您永远地去了!
走得那么匆忙,
让我再也看不见您的笑容;
再也听不见您的唠叨声;
再也享受不到您亲切的关怀;
再也吃不上您为我煮的饭菜
……
母亲,
您走了,
就这么静静地离开了我们,
走得那么安详与无奈。
您一生操劳,
来不及享受;
您一生的愿望,
来不及实现;
您一生即结束,
来不及喝上最后一杯媳妇茶。

我深深地遗憾为您留下这一遗憾。
母亲，
让儿再喊您一声"妈"！
在您虔诚的天主面前，
我为您祈祷：
愿您永远相伴上帝左右，
永远没有病痛！
母亲，
您走了，
儿请您一路走好！！

2005.2.4

备注:母亲病逝于2005年1月29日(农历腊月二十)

美的邂逅

没有约定的我们
在聊天室里相谈了两次
在那拥挤的人生驿站
送你接你
从此我明白你眼里的世界
是一副单纯和幼稚
就在那一刻
你相信着我留下
我喜欢着你留住
彼此懂得于相居的陋室
相处于生活的底线
生活因此而乐趣无限
仿佛黑暗中刹那间得到一丝光明
最终明白了
生命中因你而精彩
孤独中有你而不需忍耐

2005.6.2

云和草

你是那空中风吹的云
我是那地上青青河边的草
你在空中飘呀飘
我在地上摇啊摇
你仰慕着天
我仰慕着你
就像一个梦
梦里我成了风
天天萦绕我的脑海
每日相伴
多梦的雨季

2005.8.21

再恋小雪

雨儿占据了雪的空间
风儿带走了雨的踪迹
空气还在流通
却无法再现白色大地
心凉了
是那一刻
似又冻结了
随着灵魂飘移
寻找　寻找
等候　等候
它却始终未来

2006.1.17

给自己一点空间

在这陀螺般的时代
给自己一点空间
让绷紧的弦自己松开
给自己一点空间
放平一下自己的心态
给自己挤出一点点时间
走走亲　访访友
捎上他们的期待
在他们的心间
添上一点安慰
让自己也得到些许宽待

2006.9.16

如果未来如此发展

如果未来如此发展
天无一片蓝可看
地无一滴水可喝
世界呵
就这样黑暗
如果未来如此发展
汽车将塞满每个角落
蚂蚁般的人群
蚂蚁般的命
他们哦
在车缝中蜗行
到处是一片吵闹和喇叭声
如果未来如此发展
心亦如路一样堵到不行
地球呵
将不堪重负

2006.12.18

烟样的你

你走得如烟飘逝
我像雾般迷蒙
等着风
把我吹向你
和你融合
即使阳光把我粉碎
我也要紧抱你
可你不知去了哪里
我恨我自己
不能像空气一样
牢牢拥紧你
把你好好珍惜

2006.12.29

痛别离

那一天
你突然无言地消失
我的魂魄一如被抽空
只剩下空壳的躯体
忍受无尽的凄凉
就那么悄悄轻轻地一别
难以平息
是那追寻你无果后的孤寂
每日恍入梦里
每夜梦你
梦你躺在我怀里
我们还是亲密如蜜
醒却时
惆怅不已
20个月的印迹
617个日夜的情意
就这样轻易被你抛弃

我无法从现实中拔出
拔出我深深的痛别离

2007.1.25

那片风沙

那是一片戈壁滩
走过满怀情感
感觉渺小的我
无法将它拥抱
怅然
一个心灵的空旷
渐看消失的你
影成一个点
隐于一片风沙
我想要飞翔
却抬不起沉重的脚
失落落
惆怅怅
独行行于迷茫
目恍恍于影像
风生了
沙起了

心也飘走了
飘向那看不见的远方

2007.5.21

母亲的白米糕

白白嫩嫩的
黏黏糊糊冒着一股热气
吃着一口口香甜
那就是记忆中
母亲制作的爱心"白米糕"
每年春节的早晨
总会在母亲的叫喊中
出现在我的床头
小时候的春节
就像母亲的白米糕
带着温馨
带着暖意
带着期盼
也带着幸福的满足感
多少以往
随风而逝
唯有母亲的白米糕

尘封于记忆中
在记忆中时刻相随

2007.12.23

雪灾

漫天地飞
掉落了满地的白
像忍了百十年
似有点迫不及待
把一个世界
搞得很不痛快
多少房屋倒塌
多少树枝被压垮
又有多少的人儿
在等待
有生命在奋战中
消失
有回家的人在期待中
无奈
就这样
本应浪漫的雪
却成了可怕的灾

众志成城中人定胜天
终赢得云开

2008.2.11

封冻的季节

隐藏着一颗赤诚的心
在冬季
封冻在激情燃烧的岁月
总也找不着时机
让灵魂在空气中找不到安宁的所在
是那压抑不住的孤寂
对于生活
似乎已无法估计
许多的现在
慢慢流逝成无奈的回忆
从早晨到夜晚
从初春到隆冬
轮流交替的是一年的四季
想了　做了
人也渐渐老了
却仍在承受零的洗涤
凋零的季节

只剩下满腔的热血
坚守着春的希冀

2008.12.10

让孤独飞

过年了
我把欢乐用鞭炮放响
用烟花送上天空
就像放飞我的孤独
放飞我自己一样
黑夜在瞬间被我撕破
那一刻我看见了人们的脸上
灿烂的笑容

2009.1.27

心雨

雨
尽在三月淅沥着
心如雨泪如丝
孤独里来孤独里去
飘乱了
有一点凄凉的
风儿不懂云的温柔
雨儿不懂风的情愫
心儿不懂雨的缠绵
谁又能懂我心孤独
独自等待着,不舍得放弃的念头
如丝雨绵绵割不断
在哪里的你,时或飘忽在我的梦里头
多情为何总被无情恼
舍与不舍之间
感觉最好的肯定是完美的
于是乎跟着感觉走,哪怕跌倒也无悔
心乱了,感觉不到

感觉到了却已经痛了

痛了却已经过去了

过去了就已经无法挽回了

云走了,雨下了

雨下了被风吹落在了另一个落点

白天总不知黑夜的寂寥

黑夜总错过白天的选择

心灵的慌不择路在一刻尽显

悲剧再一次重演

心已乱

情无收

寂寞会在前方守,孤独还要陪伴着走

找一个慰藉放心头,慰藉却不知哪里有

放过了不再有,错过了就无法求

2009.3.13

殇思

相思掉落一地
我却无从捡起
幸福还有多远
我却无法估计
生活总有烦恼
让人难以回避
孤寂占据心灵好久
难以忘怀曾经的甜蜜
也许总是找不到
另一种心灵的代替
思绪间
仿佛丢失了千年的等待
迷惑于百世轮回
一切好似随风飘逝
却又忽隐忽现在那
梦醒时刻里
情似殇
梦非醒

只想守住那已
尘封的记忆
还有一点憧憬
期待着
未来的一个你

2009.7.13

爱若来了

爱若来了
是一种幸福
是一个漫长的等待所终得的结果
期待爱,期待是在努力的过程中等待
爱若来了
我会狠狠地珍惜,狠狠地爱
享受爱的乐趣
把它凝聚成永恒,分解成点点滴滴
爱若来了
只是若来,只是一种期待
是在目前境况里无法预料的无奈

2009.9.9

迷失的街头

城市的街头

一个人在独坐承受

任车来车往

人来人去

却不知为何而愁

思绪如人流

在默默地走

走到了世界的隔壁

已茫然迷失了自我

敞开的心扉

渐渐地快要上锁

总是希望在最后一刻

有人牵住我送出好久的手

冷清的巷口

我仍在滞留

一阵清风拂过

突然像醒了酒

才知

原来那是一个被爱情遗忘的角落

2010.5.26

舟曲,坚强!

八月八日
一场灾难破坏了陇上桃花源
生命就这样瞬间消失于无形
难道注定好景不常在
好人不长寿
暴雨引来了洪水
洪水送来了泥石流
泥石流冲走了我们的桃花源
夺走了我们的同胞
但它吓不倒活着的人们
悲伤我们会有
眼泪我们会流
重建家园的信心却在心底默默地留
他们来了
军人和各个阶层的同胞们
它们来了
捐款和从四面八方送来的物资
舟曲　你要坚强

因为你有一个庞大的后方
舟曲人民
我们需要你们化悲痛为力量
建设好你们的家乡
希望不久的将来
又出现一个更美丽的陇上桃花源
以告慰逝者的在天亡灵
舟曲　坚强
再苦再难也要重拾活下去的希望
让我们为舟曲祈福
为那些逝去的同胞祈祷
送他们升上美好的天堂

2010.8.16

写给你

明知不可以

却仍恋着你

错过的年轮

注定留下填不满的缝隙

挡不住的风情

总是在心底激起层层的涟漪

生活因想你

而显得越来越孤寂

每天每天

都想传达我对你的心迹

不论刮风下雨

还是白天黑夜

有一种特别的爱

一直默默流淌在心底

无论你是否在意

我都会深深地把你珍惜

2010.12.20

清 俗
（2011—2018）

家

家　生命的来源　我从那出发
家　心灵的港湾　走再远也忘不了的念想
家　有时也有淡淡的忧伤
是我儿时玩累了休息的地方
家　是父母呵护我的胸膛　养育我在心上
家　一个我永久的渴望
家　总挂在我心旁
家　让我把希望拉得老长
家　只等一个她做我的新娘
家　不需要有多好　只要不要心太忙
家　孤独彷徨时的向往
家　成了浅浅的忧伤

2011.6.21

一个人的坚守

多少年　多少日　就这样流逝而过
多少人　多少事　就这样随风而走
多少话　多少情　都还没来得及说
曾经的　曾经的　让我无法再回头
过去了　过去了　一切已难去挽留
我知道　我知道　这已经覆水难收
就这样　就这样　只能一个人坚守
坚守属于我一个人的阵地
任风吹雨淋和冷寒酷暑
把自己守成一座雕塑也不低头
抬头望天低头看地
只留一个孤独的身影在背后
分分秒秒　时时刻刻
早已忘记为谁守候
就当为自己为未来为曾经风中的承诺
我想时间终会给我一个答复

不为别的

只为终了有一个不悔的回首

2011.12.14

春色畅想

满世间的风
吹来了满野的绿
吹来了一片黄
吹来了姹紫嫣红
湿湿的暖意
在丝丝地膨胀
忽又在冷凝中消失
车流涌起的漫天风尘
在马路上空飘扬
游荡的人
带着一颗漂泊的心
带着一股倔气
在潦倒中求生
希望展着翅膀
在思想中晃荡
把一个孤独的灵魂
把玩得那么紧张
春天已经来到

做一个风筝吧
准备飞翔

        2011.4.3

母亲！您在天堂还好吗？

儿子夜里又梦见了您
梦见您忙碌的身影
一桌可口的饭菜吃得我们全家
很香很香也很亲
母亲！儿梦见您眯着患了白内障的眼睛
透过眼睛看见的是您慈母的心
那是儿一直无法改变的心情
是那让您默默忍受的疾病
让儿心痛至今
遗憾自己没有挽回您的生命
一个完整的家就这样缺了一个您
母亲！儿子昨夜确实又梦见了您
听见您的嗓音
想起您总在得罪人的时候又帮助了人
永远忘不了在噼里啪啦中您对我流露出的真情
您从苦难中走来，养育了我们
好日子总不能如期降临
来得真的太晚，只能怪上天对您不公平

母亲！对于婚姻，
我实在对不起您，儿如今还是光杆一人孤零零，
还在辜负着您的期望，让您在天堂也不安宁！！
内疚与无奈就这样伴随着我这颗受伤的心灵
母亲！儿子夜里确实梦见了您，
醒来时分泪已沾湿枕巾————

2012.5.8

这个七月不太热

这个夏日
微凉的风轻轻拂过
想找一丝安慰
努力中彷徨
清醒中埋怨这个世界有太多的不对
容颜易逝
有多少心事
在心里肆意流淌
大雨已滂沱了好几回
把一个七月浇得从头凉到了尾
沉闷出一个心不知的感觉
仿佛冷透了心
找不出一个具体的方向
压抑了一日日的憔悴
这个七月不太热
热不出一个成熟的果
越流逝的时光越空落落的

难以言说是谁损失了谁
就这么把岁月蹉跎在手心

2012.7.17

十月

十月
叶落满地
"咯吱"声若音乐响起
满视野的金色
微风掠过一缕桂香
沁人心脾
凉凉的　偶尔的冷习习的秋
越来越少的田野
收获从那里起始
久违的稻香
仿佛从鼻间升生起
眼前是一弹田间劳作的农民
汗流浃背　憨厚的脸庞荡漾着笑意
十月
红旗飘满街的日子
有一点凉　有一点冷　又有一点暖
这就是秋的十月
偶然地撒落下丝丝雨滴

更添人们一层外衣
落寞　凄凉　忧忧的怨
先辈定下的基调似乎是
这个季节从这里开始
十月
让我们收获记忆
填满惆怅的心肠
享受那个凉　那个色
还有那一点余香

2012.10.28

一个古城

一个古城
一段尘封的历史
曾经的繁华和昌盛
曾经的凄美和动乱
再多的故事
再多的苦难
也已随风而逝
时间带走了那一段记忆
留下的只是未来的感叹唏嘘
一个古城
那里曾经有过的奋斗
那里曾经有过的动人
所有的流传
所有的争斗
都被掩盖于历史的废墟
只停留在那短短的几页史籍
那一个古城
生存着的那一群人

经历的种种
爱情、亲情、友情、权力、财物
还有颓废和堕落
算计和嫉妒
古城消失在历史的长河中
演变成今天的风景
曾经的所有人群也已成堆堆白骨
消融于深深的泥土
历史还要前进
人类还要前行
轻轻地抹去历史的记忆
把它们存放在历史的记忆里
抬头　转身
我们继续向前行

2013.8.10

雨中花(话)

孤单只伴影
其实也需要勇气
时而梦中看他人
醒来起一阵惆怅的怅
坐等岁月折起了一脸的褶子
容颜逝去中
静守那一份心灵的品质
自尊的守护倾向于一种自觉的开始
自觉很多时候需要依靠自强的建立
自强的强大动力来自于自信心的推动
自尊很多时候也是来自于你给予别人的尊重
低调是种个体做人的品德
高调是种团队做事的方式
个人的高调是别人给的
团队的低调是自己加的
有时对某些人99次的好
也很难改变那一次你对其的不到位所致的恨
而对其99次的坏

却很容易换来那仅一次的好所带来的感激
我有时也会哭
你也许会说看不到我的泪
那是因为我的泪在雨中已被稀释成了水
我自仰首向天笑
笑这混浊世界
有多少混沌人在自娱自乐、自怨自艾中堕落
多少人在醒着做梦
又有多少人在梦中醒着
"别人笑我太疯癫,我笑他人看不穿"
累也不必说
苦也不必怨
充实才是吾辈之所求也

2014.7.16

梦母

晨曦兀醒,
泪眼婆娑。
吾母病逝,
已近十载,
却似刚才,
抱恙病体,
灶厨上下,
缕缕清香,
为儿哺食,
情难自禁,
抱母恸哭
……

2015.1.24

四月的春,我拿什么拯救你

三月的小雨不再那么淅沥
总感觉那么的寒
五月的风不再那么柔和
总感觉那么的烫
唯有四月
才有一点春的存在感
而冬夏却如疯子一样的肆虐
恶魔似地吞噬着
四月——
春的最后一块阵地
四月的春
我该拿什么拯救你
可恶的"倒春寒"
丑陋的初夏热
你们就像冬夏的急先锋
世界就这样紊乱
气温就这么失调
时刻为冬夏准备着

我们为四月坚守
那是我们对春的希冀
四月的春
不要哭泣
我们的心永远呼唤你

     2015.4.7

等你 寻你

等你
等了几百个月
渐渐地
等成一曲无奈
寻你
寻了几万里的路
却不见
慢慢地
绕回了起点
等你
你却始终未来
渐渐地
空费了
满腹的期待
寻你
你却始终不在
慢慢地
仿佛已无须徘徊

等你　寻你
光阴飕飕
几十载
抑或汝之无心
抑或吾之不幸
寂静的午夜
寂寞的窗台
也许真的
累觉不爱

　　　　　　　2015.5.24

致抗战老兵孙英杰

俱往矣,
峥嵘岁月,
犹在眼旁!
而今朝,
一代英杰,
驾鹤西往……
看未来,
铮铮英魂,
永世流芳!

2015.7.22

亲爱的爸

亲爱的爸
虽然我从没喊出口
但在我心里一直念叨它
亲爱的爸
你的羸弱身躯
已担不起你的步伐
亲爱的爸
黑黑的斑痕
散落在你沧桑的面颊
还有那被岁月染起的
丝丝白发
亲爱的爸
曾经的困苦
让你扛起了坚强
踩烂了荆棘丛
踏平了坎坷路
撑起了一个家
亲爱的爸

往昔的误解与不快
此刻如巨山一瑕
亲爱的爸
馋嗜你的病魔
我痛恨
可却无法消杀
亲爱的爸
我们一起努力
把最后的时光拉长一点
再长一点……
直到看见和我结合的
那个她

2015.9.17

给光棍节的自己

一个人
一只影
一双筷子
一只碗
泡一份寂寞
品一份孤独
一本书
一台电脑
一首歌
研磨一抹思想
抒发一抹心情
走过一扇门
开启一扇窗
调剂一道陈色的味
穿过一条街
越过一堆人
驶过一辆辆车
吹过一阵阵风

迈进一个人的家
迎来一声"喵"叫
愿有一只老猫
陪我

2015.11.11

断桥残雪

桥依旧,雪已逝。
人犹在,情却远。
曲方终,心境散。
掬一香,深闻忘!

2015.12.27

最后一天

眼望窗外
空中飘着雾蒙蒙的
一片尘埃
有几只小鸟在欢快地鸣叫
远处传来阵阵"嗡嗡"机杂声
犬吠也在此时突然响起
吵吵……
岂不是扫帚落地的声音
原来是清洁的工人在清晨作业
2015
真的就在这最后一天
永远地逝去
懒懒地不禁想起
要留住却总也留不住的
青葱岁月
只能在哀叹中
独自空悲

2015.12.31

游宜兴龙池山随想

清风拂面花轻舞,巍巍山峨耸入云。
看尽人间繁华事,不如此间一片天。

2016.4.14

庭院

庭院深深青草悠悠,犬吠声声耳目鸣鸣。
清风徐徐云色淡淡,鸟语喳喳人声慢慢。

2016.5.1

游天目山大峡谷有感

逶迤石径曲从深处,
深入其中不知归途。
隆隆水瀑急流飞泻,
虫鸣山林鸟语空谷。
青葱满眼帘,
忽见一线天。
白云依山浮,
绣在蓝穹边。

2016.7.17

太湖源头

林叶绿出于三伏
步慢慢
溪水涧中游
山崖直面奇陡
崎岖山阶
拾级而上路幽幽
挥汗间
姚明树下候一候
不见天
难见地
只见那野生猕猴树丛走
转首时
一棵丑树静守转角
树不可貌相
原是红豆杉儿把路口
七百载古刹横立山坡
听取佛乐一首
千年老树下

一抬头

一颗青竹树中出

步蹒跚

再挪挪

太湖佳绝处

尽在山顶一源头

2016.7.19

致自己

浮生半世已金素
志若残身半截埋
豪情万丈亦仿无
点滴之刻实入海
恨不逢时世俗观
古往今来几人外
诸事凡尘诸人了
勿忘初心兀自来
孑孓行砥砺命进
六世情彐天无出
卅佼人回首不堪
踯躅间奋力存在

2016.7.24

蹉跎年轮

蹉跎年轮
摇摇数载
回不去的青春
晃眼间
稍纵即逝
一切的一切
所有的所有
随火随风随雨随天地
留不住一点点的福泽
你总是相守
相忘于江湖
在人潮人海中相望
因为你坚信不会一直输
你像一只蝼蚁
挣扎在生活的底线
雄大的胸怀欲长翅而飞
愿做基石的你
想要垫起大地需要的一块

升起前行希望的那一秒
其实你知道
你只是尘世中那一小粒
微不足道的尘埃
即使渺小得可以忽略不计
也要不枉世间走一遭
前半生的拿得起
后半生的放得下
好好地走完下半回
前半辈浑噩的你
茕茕孑立
如果有停靠
你又何曾想在风雨中飘
就这样了
珍重吧你的后半生

2016.12.2

无题

如沐浴般的阳光
挥洒在沧桑的脸庞
似流水样的光阴
飞逝在孤独的身旁
刀割的冷风哦
就那么吹着切着
冻凝住的心伤
无从蒸发的现实
大有恙
把思绪拉个十万尺长
不能沉浸
回不了的以往
唱一首欢乐的歌
让音乐调剂自己的思想

2016.12.18

这一个特别冷的冬

这个冬天特别的
冷
冷得刺骨
让人心寒
比以往任何时候
都冷
仿佛冷却了希望
冷凝着心伤
这个冬天不一般的
冷
冷得那么肆意
那么的彻底
比以往任何时候
都冷
似冻住了脚步
堵住了春路
这个冬天确实

冷

已经冷过了以往

2016.12.28

情一动心就痛

情到深处似酒浓,无奈缘落花不从。
心若静时止如水,纵使年月刻在胸。

2017.1.3

爱屋及乌

如果你爱你的丈夫就该爱他的父母
如果你爱你的妻子也该爱她的父母
因为爱屋及乌
感恩他们给你们创造的一切
他们把青春的努力赋予了我们
当我们翅膀硬的时候
他们已经蹒跚挪步
我们也都有老的时候
现在种下什么因
要坚信最终所结的果
孝是善的基础
德为孝之本
没有孝的善是虚伪的
也就失去了德的根本
没有善之心
没有爱之情
还有什么资格去谈人之生

愿我们都能拥有真爱
因为真爱无敌

2017.1.29

游南山记

鸟鸣千啭,清水淙淙,竹荫藏阁,
林枝隐亭,坡中见寺。
足在静中走,美入心中受。
满山尽是幽雅处,只把南山作寿山。

2017.2.4

清明瞻先居

清明时节风日顺,
我带老父瞻先辈。
要问风景哪里好,
唯在这里怀感恩。
走出故居思围城,
风雨飘摇革命行。
身在海外心系国,
呕心沥血为众生。

2017.4.4

回不去的童真

曾经的欢笑
曾经的期盼
曾经的纯真
曾经的胡闹
曾经的伙伴
曾经的游戏
曾经的玩具
都已经不住
岁月的洗别
消失于成熟
三十年河东
三十年河西
挖一点童趣
时而地抛出
留一丝童真
藏匿在心底
尽情吧童年
放飞吧童心

愿所有的童年都成长在阳光下！
望所有的童趣都展现在童年里！

2017.6.1

我的爱

匆匆几十年
期待着相濡以沫
却又相忘于江湖
缘自处处来
悄悄去
爱与被爱
犹如那天山的雪莲
珠峰上的千年灵芝
我的爱像
春天里的童话
夏天里塘水上的浮萍
秋天里枝头的片叶
冬天里阳光下的雪
孤独成殇
寂寞难耒
我的爱如熊猫血
如今病入膏肓
配型遥遥无望

只求安乐死
勿在痛中亡

2017.6.4

天净沙·夏行

山高路陡泉哗，
青葱凉亭蝉喳，
古道徒步炎夏。
烈日下，
鸿茅人在桑拿。

2017.7.27

善德之邦

4200年以前

善卷以德造就一方净土

引四方膜拜

最古尧舜禹莫不虔往之

视权为土而隐

自古"常德德山山有德"

"德山棒"下五十三福地出

屈原酝作《九歌》唱

朗州司马孤峰吟

士扬悟从德山竹

善德之源

经济新宠

处处"七通"

品牌辈出

全国占优

孝以德为本

腾飞吧

让我们插上经济和文明的翅膀

2017.8.11

碎了的爱

我有遇见你的勇气
却没有得到你的本事
我有对你的希冀
却没有表白你的能力
我有在梦里梦你
却遗憾着无人证明
我有对你抹不掉的记忆
却撑不出未来的世界
我有忍受你的脾气
却无奈于无法被理解
我有处处示爱的痕迹
却换取不到一个回眸
似鲸向海
如鸟投林
像凤对凰
箭若在弦
退无可退

折一个心痛
碎以个梦

2017.9.15

雨梦

只有这淅沥的细雨
才配得上我失联的思绪
贱贱的那些个风
熏晕了那个头昏
任尔东西南北中
不知已几多重
吾自定然把路踏
去追梦

谈修养

尊重是建立彼此关系的前提
宽容是延续彼此关系的保障
信任是维护彼此关系的纽带
理解是发展彼此关系的基础
尊重是一种修养的体现
宽容是一种胸怀的坦荡
信任是一种真诚的表达
理解是一种成熟的流露
学会了尊重才容易有进步的可能

拥有了宽容才容易有提升的机会
释放信任才容易有获取的空间
懂得了理解才容易有成功的把握
财富不是永远的朋友
而朋友却是永远的财富

2017.10.23

又见龙池山

又见龙池山,风景依旧在。
人已焕然新,终登龙峰顶。

2017.10.24

再梦母亲

给家里的马匹喂足了水
他们是相依为命的母子
他们调皮而欢快地饮水
饮完又撒欢着跑去嬉戏
我收拾着桌上残羹冷炙
心想怎么没有自己房间
以便于流浪的我好休息
心想着母亲不知在哪里
还不归来整理这个家庭
心想亏得母亲有好身体
以至于不让我身负艰难
就在我转身盼望着门口
突然看见母亲满面春风
齐耳的短发白润的圆脸
雪白高领的针织的毛衣
五旬年纪衬起高高的个
那是我可亲的母亲么
怎么也不像现实里的你

母亲我多么希望你现在
就定格在我梦中看见的
以优美的姿态跨入现实
也许是我梦上了天堂中
梦进了您天堂里的家境
那短短的梦境怎会醒起
您那向我走来微笑面孔
我想我今生都难以忘记
天已亮彻又听父咳嗽声
母亲孩作早餐给您夫吃
愿您保佑他健康福寿怡
再见母亲

2017.11.5

子吟三段

报春

家爷身上病,拙子心中针。
临行常叮嘱,唯恐意外生。
椿萱入寞冬,焉知须报春?

凝望

多少次的凝望
承载着
无尽的思
随着风
越过窗
背负着
每一次期待
唯有一念
忙完了
早点回来

窗口

那些年的村头
您如山的身影
伫立在
人来人往的路口
只是目送
没有言语
这两年的窗口
您似水的眼神
凝露
每一个清晨
只有目送
没有言语

2017.11.12

青葱岁月

过了过了就过了
火箭也追不回了
来了来了就来了
泰山也挡不住了
过去的回不来
来的终会过去
拥抱现拥有的
给个大大的吻
变成每个美好
然后然后呢
走向未来
滴下的都是美好
回忆长长的
无悔于青葱岁月
奋进　欢快
欢快中奋进
奋进中欢快

2017.11.17

偶遇

偶遇
只是发生在我上车的那时候
就在那儿坐个她
一切沉于纯净
转首间
似玉般顺滑
如诗般圣洁
穿过历史的年轮
浮想起高雅的故事
有股《雨巷》的情怀
荡气回肠
意犹未长
那一刻
我神思荡漾
感谢你
带来了缪斯的殿堂

2017.12.2

遇你

你是那风,轻抚我的脸面!
你是那雨,滋润我的心情!
你如那一团的火,让我寒冷里温暖如春!
你如那一杯纯净的水,使我渴遇甘泉!
遇你,如沐春风!
遇你,香甜入梦!
遇你,不再孤寂!
见你,日思夜想!

2017.12.29

好雪知时节

好雪知时节,腊八终发生,
不知奴家事,润物细无声。
二五二六七,恰逢家什腾。
九天飞若仙,却负好雪人。

2018.1.24

腊八节的雪

腊八节的雪
你来得不早不晚
不偏不倚
仿佛憋了一个世纪
感觉全世界都在等你
为你做好准备
传统的节日
年味的开始
你来得正好
飘到了人们的心里
你来得不慌不忙
如约而至
满眼的不能自已
哦
那是他们都爱你么
还是那一句
未若柳絮因风起
其实你犹如天外飞花错落地

别样矫情会错意
把一个人世间调理得
如痴如迷

2018.1.25

小时候的年

小时候的年
是放假后拎在手里那薄薄几张的寒假作业
是期待中堆砌的快乐
小时候的年
是满屋飘香的父母磨的豆腐
是宰了猪后挂满院的猪肉
小时候的年
是满屋热气腾腾父母正在蒸的馒头
是那沾上糖甜甜的汤圆
是满口舒爽的韭菜肉饺子
小时候的年
是清晨醒来妈妈放在床头的年糕
是贴遍门窗自己鬼画符似的春联
是一桌热热闹闹的年夜饭
是三十晚上放飞的烟花和春晚
小时候的年
是满村留过的我的足迹
是拿在手里大呼小叫的一副副纸牌

是年三十放到年初五、十五还要放个两三炮的鞭炮
是走亲访友时忙吃喝玩乐的欢笑
是放在怀里的那一个个红纸包
小时候的年
虽很清贫
但却快乐着
到处流淌着富足
是从年头盼到年尾的念想

2018.2.13

好始终是好

好始终是好
纵使岁月经历怎样的漫长
那也带不走永恒
时间让人变老
消磨了太多记忆
即使忘记所有
但你对我的好永难忘掉
感恩可以令人伟大
也可让人记忆永存
千山万水挡不住
百年时空难阻挠

2018.2.27

问情

寂寥孤夜冷，
纷繁心头沉。
欲问情何处？
唯有影随身。

2018.4.26

鸿茅

一人一文惊世间，
四警千里逮归案。
阳春三月初起头，
陡风万米天地撼。
是非曲直未曾明，
众口铄金齐发难。
公道自在各人心，
勿因舆情错客观。

2018.4.26

生存与自尊

卑微的工作,失落的自尊。
别人为生活,我仅为生存。
势利占人心,是非几人分?
善良总受欺,谁敢做好人?
学得一尊重,修来三世生!
凡尘身外物,莫误作灵魂。

2018.6.18